Rose Ausländer

Liebesgedichte

herausgegeben und mit einem Nachwort
von Helmut Braun

Rimbaud

Wir sind zwei Lotusblüten

Sieh, wir sind zwei Lotusblüten,
auf dem Wasserplan getrennt,
nach Gestalt und Farb verschieden.
Doch der Blick, der uns erkennt,

der uns wissend ins Geheimnis
unsrer Tiefe folgt, erschaut:
Unser Wurzelwerk ist eines:
Brudergatte, Schwesterbraut!

Und wir können uns nicht lösen;
wie uns auch die Welle treibt,
bleiben wir im Wurzelwesen
ineinander einverleibt!

(1945)

Rose Ausländer

Liebesgedichte

Aus Luft und Liebe

Song

Whisky ist transparent
wie du darling
leuchtest im Whiskylicht
eine Stunde im
süßen Inferno
time is money
aber eine Stunde
darling mit dir
ist ein kostbarer Corso
ein Jetflug über
Canyons und feurige Spiegel
ein himmlisches Spinnwebspiel
im süßen Inferno
eine Stunde
darling mit dir

Trost IV

Haltlos der Apfel
fällt mir nicht
in den Schoß

Mit Schlangenlist
halt ich den Baum
am Apfel

Ich falle in die Waagschale
eines Forschers
der wägt nach
Kalendervorschrift
Stichjahr
der Aberglaube

Hinter Hungerjahren
die greise Jugend baut
orgiastische Luftschlösser
sie fallen nicht
ins Gewicht

Entwurzelte Erde
vom alten Jungwort
Liebe
getröstet

Adam

Tiere
zahm auch die wilden
Blumen Früchte
vom Geist erdacht
gewillt ihm zu dienen

Lebendige Luft
Vögel in Fülle

Alles

Aber
Adam
unwissend ewig
unwissend einsam
hatte noch nicht begonnen
da zu sein

bis die Gefährtin
aus seiner Rippe
sprang
um ihn zu lieben
und
sterblich zu machen

Liebespaar im New York Central Park

Jeden Nachmittag
auf derselben Bank in derselben Allee
sieht man das alte Liebespaar

Sie reden nicht viel sie lauschen und schaukeln
in der Barke der Bank durch den Strom der Verjüngung

Mit zahllosen Lippen erzählt der Park
seine Geheimnisse am leisesten das Geflüster der Halme
Zwei uralte Ahornbäume haben tiefere Töne
«Wann war es als wir das erste Mal unsre
Blattaugen öffneten? Weißt du noch? Wald unsre Welt
Wald unser Land dann kamen sie mit Riesenscheren
und schnitten den Weg kahl, diese Allee. Viele Brüder
sind damals gefallen. Sie pflanzten Bänke statt Bäume,
die komischen Menschen. Und dort, am Horizont,
weißt du noch? – mit baumhohen Zangen hoben sie
Stangen und Steine und pflanzten sie in die Luft,
aneinander gekettet. Angewurzelt stehn sie seither
und wachsen nicht, die komischen Bäume.»

Das ergraute Liebespaar lauscht
Zwei Menschen im zeitlosen Strom
Sie lieben das junge Gras die bejahrten Bäume
Bank Allee Lichtung und Wolkenkratzer
im Nachmittagslicht
Sie zählen nicht ihre Jahrzehnte
In der Arche geborgen schaukeln sie
durch die grüne unsündige Flut

Die Hoch-Zeit

Gekommen die Zeit
ihrer Hochzeit

Die Braut duftend
weiße Knospe

Der Bräutigam
Mitte der Mannheit

Die Tafel schillert
Weingold in Flaschen
Suppe aus Gold
goldne Hühner duften
in Silberschüsseln
Äpfel glühn
auf weißem Damast

Die Braut öffnet ihr Licht
Der Glanz fällt
auf den Bräutigam
der Abglanz auf alle Gäste

Braut und Bräutigam tanzen
im Lüsterlicht
Reis und Konfetti umsprühen sie
Papierschlangen kreisen sie ein
Sie merken es nicht
Sie tanzen

jenseits des Saals
jenseits der Gäste
jubelauf
Zenith ihrer Zeit
ihrer Hoch-Zeit

Romeo und Julie im Central Park

Romeo und Julie
im Central Park
verschweigen die Eltern
am andern Ende der Erde
wo die Trauerweide
NEIN
weint

Julie und Romeo
zwei grüne Feuer
im Gras
umarmt von
Juniluft
Herzhier

Autotanz
Eichhornaugen und das
Ringelspiel
im Kreislauf

An Dollargesichtern vorbei
fliegen
Atemwolken
Juniduft
der grüne Globus
im Ringelblütenspiel

Obwohl

Obwohl
die Legende vom Leben
düster ist
wie Novembernebel
und immer dichter
der Nebel sich ballt
um unsre Zeit

lieber Mitmensch
ich gestehe
daß ich die Lebenslegende
liebe
die fühllose Luft
deine Augen
in denen die Erde wohnt
und der unergründliche Himmel

Und ich liebe
das Wort
das uns erschaffen hat
am grünen Tag

Liebe I

Rose und Dolch

Der Ring
hat einen Finger gefunden
der ihn nicht mehr entläßt

Im Park
wächst eine Wiege
aus Liedern

Zwei Wolken kämpfen
um den Vorrang
Bald wird es regnen

Die Tauben
im Vorhof des Tempels
haben sich lieb
haben sich lieb

Unter dem Baldachin
nimmt der Schleier
die Gestalt einer Amsel an
Balsamisch
singt ihr Herzschlag
Die Rosen
legen ihre Dolche schlafen

Aus Luft und Liebe

Mit dem Vogel Rock
fliege ich
durch die Welt

Sie ist aus
Luft und Liebe

Wir lieben einander
küssen uns
und halten
den Himmel hoch

Das Glück

Einmal Gott Engel Mutter
einmal von Tauben umworben
auf dem St. Markusplatz
einmal ein Rubinring
der Liebe verspricht
einmal schreit es VIVAT
und schenkt einen Titel
einmal ein Gedicht
das heraufschwimmt aus dem
Blut ins Gedächtnis

Sein Gesicht eine Sonne
seine Hand ein Zirkel der zieht
Kreise um Kreise um Kreise
um einen Anfang

Miteinander

Für Marie Luise Kaschnitz

Du
und der Kirschbaum
und die rasende Straße
und der Ozean
und der Blitz

Du
und deine Angst
und dein Zorn
und dein Aberglaube
und dein Glaube
    «Let My People Go»

Du
und der Stern
und das Wort Stern
und das Hauptwort
und das Nebenwort

und das Nebeneinander
und das Miteinander
und
    du

Du II

Landschaft im Aug
Punkte Kreise
Strahlen schneiden die Welt
in Stücke Ordnung

Bildgaukelei
keiner entgeht dem Trug
wie viele Linien hämmern ans Herz

Du
eine Landschaft im Aug
ein Strahlen
Stücke Staunen
Stücke Gelächter
Stücke Schreck und Angst

Du
ein Kaleidoskop aus Körnern
Welt die kreist um Punkte
die kreisen
Eine Welt in Stücke geschnitten
Linien die hämmern ans Herz

Isoliert

Isoliert
dem Fuchs verfallen
der Torso eines Urtiers
sperrt den Weg

Zerrspiegel
Affen
im giftgrünen Laub
greifen nach mir

Sappho
ich suche Schutz
bei deinem Mund
beschwichtige
Freundin
den besessenen Wald

Du schweigst
so sicher
atmet nur
Tod

Verbundenheit III

Ich liebe dich
sagt ein Wort
dem andern

Ich liebe dich
fühlt
ein Mensch zum andern

Ihr seid verbunden
sagt das Licht

Mit dem Wort
von Mensch zu Mensch

Verwandlung

Mein Haar wächst
durch die Linde

Mit meinem Blau
mal ich den Stern

Liebend
duz ich alle Dinge

Aus gleichem Stoff
alles
verwandelt
in Licht in Finsternis

Leiser Leib
Geist

Liebe VIII

Lauter das Oval
Körperlos die Farbe im Aug
Stimme die ins Staunen ruft

Laß mich das veraltete Wort
aussprechen
LIEBREIZ
Neue Dimensionen
gruppieren sich
um den Ton

Härter tritt heute
das Königliche hervor
in Stahl gefasst
Aber zwischen zwei Linien
rot gewellt
steht die Metapher LIEBE
unverbraucht

Noch immer

Blick in den Spiegel
du wirst
dich nicht erkennen

Immergras
Buntblumen
schwebende Wolken

Dein Denken
hat alle Farben

Noch immer
lieben wir uns
daran kann der Tod
nichts ändern

Liebe IV

Zwei Wolken
umarmen sich
bald werden sie
uns umarmen

Im Wald
wächst eine Wiege
Lockruf und Antwort

Die beiden Tauben
im Vorhof des Tempels
verlobt

Der Ring hat
einen Finger gefunden
der ihn nicht mehr entläßt

Unter dem Baldachin
der Schleier
hat die Gestalt einer Amsel
sie singt auf den
Lippen der Braut

Rosen legen
ihre Dolche schlafen

Rückkehr III

Immer von sich weglaufen
und zurückkommen

Die Rückkehr feiern
und verleugnen
das Leben ertragen

Menschen
Tiere und Dinge
Leben

Lieben und vergessen
und zurückkehren
zur Liebe

Du weißt

Du weißt
die Erde ist schwarz

Du hörst
das Getümmel der Kriege
siehst an allen Enden
vernichtete Orte
da weint dein Herz

Du weißt
die Erde ist
grün und bunt

Deine Augen Spiegel
fangen auf
die blühende Erde
dein Herz frohlockt

Nicht wahr
du liebst
unsre böse herrliche
Erde

Himbeerwald

Bienen
singen den Sommer

Der Himbeerwald
glüht
aus Liebe zur Sonne

Finger stehlen die Glut
Münder verzehren sie

der leere Himbeerwald
riecht
nach vergangenem Glück

Weil

du ein Mensch bist

weil
ein Mensch eine Muschel ist
die manchmal tönt

weil
du in mir tönst
als wär ich eine Muschel

weil
wir uns kennen
ohne Namen und Samen

weil
das Wort Welle ist

weil
du Wort und Welle bist

weil
wir strömen

weil
wir manchmal
zusammenströmen

Wort Welle Muschel Mensch

Des Geliebten Nächte zu entzünden

Frühe Gedichte

Rose und Schmetterling

Wenn das weiße Morgenlächeln
über meinem Kelche hängt,
und der Frühluft leises Fächeln
sich in meinem Haar verfängt,
daß mein grüner Körperstengel
sehnsuchtschwer sich überneigt,
kommt ein schöner Falterengel,
der mit mir zum Himmel steigt.

Meine duftige Gewandung
wandelt er zum Flügelkleid,
über Tag und Mittagsbrandung
schweben wir durch lose Zeit.
Und wir schaukeln, und wir strahlen
unsre Seelen in die Luft,
füllen alle Blütenschalen:
er mit Farbe, ich mit Duft.

Wir zogen einen Zauberkreis
um unsrer Liebe Inseltum.
Die Erde wurde klein und leis,
und alle Worte wurden stumm.

Und unsre Insel ward ein Boot.
Das fuhr bis an den schmalsten Rand
der Erde, wo ein Engel stand,
groß, feierlich und scharlachrot.

Er stand wie Gottes Feuerstrauch:
die Flügel flammend unverbrannt.
Der Abend hing im roten Rauch
wie eine Fahne übers Land.

Dich lieben, Lieb, ist mehr als Lust und Leid.
Von dir geliebt sein ist ein Schöpfungsakt
urhafter Einung der Verschiedenheit
in eine Strahlung, einen Rhythmentakt.

Erschüttert sucht mein Geist nach einem Bild,
dich darzustellen, wie du Liebe bist.
Doch alles Sein ist so von dir erfüllt,
daß keine Sprache deine Räume mißt.

Nun kann mein Leib in einer Wüste sein:
Mein Herz birgt Wälder deiner Üppigkeit,
und Quellen müssen springen aus dem Stein,
gesprengt vom Herzschlag unsrer Zweisamkeit!

Der Regenbogen
Elf Sonette

I

Du legst dein Licht in allen Farben
um meine weiße Einsamkeit.
Ich fühle sie an meinen Narben
wie Balsam einer leichten Zeit.

Die Rosen starben meinem Leben,
das sich verschloß vor jeder Hand.
Da kommt dein reines, reiches Geben
in mein verschollnes Trauerland.

Du krönst mein Leid mit Sterndemanten,
und Sonnen deiner jungen Glut
entzünden wieder rot mein Blut.

So ist vielleicht das Blühn entstanden:
Von Gott geküßt, im Ding entbrannt,
und von den Engeln Licht genannt.

II

In deinen Augen steht das Wort geschrieben,
das noch vor Gott als erster Ursprung war.
Du biegst den Regenbogen deiner Liebe
wie einen Glorienschein mir um das Haar.

Ich fühle dich wie einen Falter schweben
in meiner Sehnsucht unerlöstem Raum.
Die goldnen Vögel meiner Lieder beben
und wollen in den Wald zu ihrem Traum.

Kannst du mich auf den Regenbogen heben
und jedes Restchen Erde mir entziehn?
Kannst du von deinem großen, heißen Blühn

mir eine Wurzel in die Seele geben,
aus der mein bang verhaltenes Gedicht
sich löst und aufsteigt in das tiefe Licht?

III

Du reichtest mir den schimmernden Pokal.
O edle Form, Kristall so hell und rein!
So fühlte ich, und trank den hohen Strahl
aus deiner funkelnden Gedichte Wein.

Und immer kühner ward dein großes Spiel.
Die sieben Himmel mit den Sternen und
die Regenbogen waren nicht zu viel,
um Wort und Wein zu werden deinem Mund.

Der goldne Wein ward abendliches Rot,
glomm an dem Rand zu einem Funken Tod
und färbte feierlicher den Pokal.

Dann ging ein Knistern, seltsam leis und blaß
wie ein verhaltner Seufzer durch das Glas – – –
Ach, wieviel Sprünge hat nun der Kristall!

IV

Du warst so fern und immer hinter Falten
verborgen: wie ein Schatz im Tempel Schrein.
Vor deinem Vorhang schwebten Sterngestalten
und ließen nicht mein Herz zu dir hinein.

Da spähte ich dein Bildnis durch die Spalten
und nahm es wahr wie eine Wundermacht.
Nun konnten auch die Sterne mich nicht halten,
und ich durchbrach die Wände ihrer Wacht.

Noch warst du scheu im unberührten Dunkel,
und nahmst nur zögernd meine heiße Hand,
doch steckte sie im Nu dein Herz in Brand,

und unsre Lippen flogen im Gefunkel,
das sich an unsrer Glut im Raum entfacht,
wie Falter taumelnd um den Strauch der Nacht.

V

Das Leben braust in stürmischen Akkorden
ans Ufer meines Herzens und verklingt.
Nur dein Akkord ist Melodie geworden,
die sich wie Efeu um mein Leben schlingt.

Dein Lied ist mir zur Lagerstatt bereitet.
Ich lehne an die Leier deiner Brust,
und werde selbst zur Weise, die begleitet
dein königliches Spiel der reinen Lust.

Ich werf' auch meinen Klang in deine Saiten,
er hatte deiner Melodie gefehlt.
Nun ist sie wie ein Schöpferwort beseelt.

Wir ziehn melodisch durch den Raum der Zeiten,
von der Musik der Dinge übersprüht:
verschlungner Reim, gelöstes Liebeslied.

VI

Ich leb' im Tal, du wohnst auf einem Berge.
Der Adler kreist um deinen kühnen Blick,
und schlägt den Schrei des Angriffs und der Stärke
an deine Stirn: du schleuderst ihn zurück.

Verklärte Lerchen werfen deine Flammen
mir zu und nehmen meine zu dir mit.
Die Kluft, die trennende, wächst heiß zusammen,
und zärtlich wandeln wir im gleichen Schritt.

Bald bist du neben mir im sanften Tal,
wir schmiegen uns ans Lied der Nachtigall,
und fühlen uns erhoben in die Sterne.

Bald stehn wir auf dem höchsten Felsengrat,
und sehn uns an den Welten unten satt:
Die Liebe ist die Tiefe und die Ferne!

VII

Wir reichen uns der Liebe rote Beeren,
gereift am Glühen unsrer Leidenschaft.
Ich will mit Inbrunst deinen Leib verzehren,
und iß du mich mit aller Liebeskraft.

Nun haben wir Ambrosisches genossen,
und unsrer Seele quoll des Nektars Saft.
Der träge Raum ist unter uns zerflossen
und hält nicht länger uns in seiner Haft.

Du bist mein angetrauter Sterngefährte.
Wir nehmen alles, was uns einst gehörte:
Des Lebens Lust, der Lust Unsterblichkeit.

Wir werden uns unendlich noch genießen
auf Erden und in fernen Paradiesen,
wie wir uns liebten vor Beginn der Zeit.

VIII

Du bist ein Rätsel mir von fremder Art.
Ich such' mit allen Sinnen deinen Sinn,
und finde, daß ich selbst ein Rätsel bin,
gelöst vom Zauber deiner Gegenwart.

O schöne Seele, farbig angestrahlt!
Geheimnisvolles Bild auf rotem Grund!
O Lied der Linien! Süßer Harfenmund,
von Götterhand mir ins Gemüt gemalt!

Frag nicht mein Herz nach Ursprung, Sinn und Ziel!
Laß frei das Wunder fließen, wo es muß,
und schöpfe staunend aus dem Überfluß!

Ich fühle nur: du bist mein Saitenspiel,
der weisen Schönheit edles Ebenmaß,
mein letzter Atemzug im Stundenglas!

IX

Ich ging in dich hinein wie in ein Feld
voll Sommerduft und reicher Ährenlast.
Ich baute mir in dir ein Garbenzelt
und wähnte mich in einem Goldpalast.

Die Tage flogen wild um unser Haus,
die Vögel zogen in uns ein und aus,
der blonde Weizen rieselte wie Wein
in unsern tiefen Kelch der Lust hinein.

So war mein Leben auf ein Tun gestellt:
Dein Herz umspannte meine ganze Welt,
und alle Fluren tanzten um mein Glück.

Da kamen Winde und verwirrten dich,
da kamen Falter und entführten dich,
und ließen mich im Stoppelfeld zurück.

X

Wie viele Schalen, Lieb, wie viele Schichten
umgeben deinen letzten Herzenskern?
Ich schau' dich an, doch deine Augen flüchten
und bleiben unerreichbar wie ein Stern.

Ich kann nicht mehr – ich will dein Bild vernichten
und nicht mehr wissen, daß du warst und bist!
O, komm mir nicht mit tausenden Gesichten!
Ich weiß, daß keines deine Seele ist.

Hinweg, hinweg! Erinnerungen binden
mein hörig Herz an deinen harten Schritt.
Ich geh' mit dir und kann dich doch nicht finden.

Ich folge dir auf Pfaden gleich Spiralen,
und zähle nicht die Qualen, die ich litt,
da ich den Kern nicht fand, nur Schalen, Schalen.

XI

Ich sah im Traum dich auf der Totenbahre.
Das Zimmer, wo du lagst, war blau erhellt.
Ich trat zu dir heran wie zum Altare,
auf den das Herz das letzte Opfer stellt.

Da lagst du streng und starr. Um deine Haare
bog sich der Schmetterling des Abendrots.
Ich streute blindlings meine jungen Jahre
wie Rosenblätter über deinen Tod.

Die Welt lag wesenlos um deine Hülle,
wie ein gedehnter Schatten um das Licht,
bis alles hinschwand. – Nur dein Angesicht

hing weiß wie eine Wolke in der Stille.
Dann schlug mein Leben beide Augen zu.
Kein Raum war, und kein Ich, kein Du. Nur Ruh.

Des Geliebten Nächte zu entzünden,
will ich augenspendend süß erblinden.

Des Geliebten Atem zu umkosen,
wandelt sich mein Blut in tausend Rosen.

Des Geliebten Liebe zu erhalten,
möcht' ich mich in tausend Frauen spalten,

daß er tausendfach nur mich begehre,
alle liebend nur mir angehöre!

Wenn sich deine Worte vor mir neigen,
hängt mein Glück an allen Frühlingszweigen.

Wenn dein Lächeln mir entgegenschreitet,
liege ich als Teppich hingebreitet.

Lockend wie die Melodie der Sünde
ist die Ferne, die ich in dir finde.

Deine seidne Nähe kommt geflogen
wie der wilde Vogel Regenbogen.

Und wir wachsen wie zwei hohe Flammen
über unsrer Erde rot zusammen.

Eva

Sie gab ihm eine Aprikose,
die duftete nach Mittagsruh.
Dann warf sie eine Rose
wie einen Ball ihm lachend zu.

Er ließ sie fallen. Aus dem Stengel
hob sich die Schlange, schlank und schlau.
Sie glitt zu ihrem Lieblingsengel
dem Apfelbaum und bot der Frau

den Apfel an. Sie stand im Bann
rot roch der Apfel in der Hand.
Sie aß und gab den Rest dem Mann,
erkannte ihn und ward erkannt.

Mit Adam fand sie sich im Korn.
Der Sonne roter Apfel schien.
Daß sie der Herr in seinem Zorn
verfluchte – sie verzieh es ihm.

Das Losungswort heißt Liebe

Sünder

Noch nicht ganz
vergessen
das Paradies
wo wir sündlos waren

Schön und süß
der Apfel
sein Saft hat uns
sehend gemacht

Laßt uns Sünder sein
verbotene Worte lieben
und Menschen
unter drohendem Himmel

Tröstung I

Ich tröste mich
mit dem geträumten Meer
mit Drosselliedern
aus dem vergangenen Wald
mit guten Worten
verlorener Freunde

mit der Erinnerung
an die Zukunft
aus Liebe und Tod

Liebe V

Nirgends wie hier
im Herzenshauch
wenn das Minutenmesser
den Tag zerschneidet
und alle Würfel verlieren
nirgends wie hier
bist du mehr
als du bist

Du bist die Stimme

Sei mir gewogen
Fremdling
ich liebe dich
den ich nicht kenne

Du bist die Stimme
die mich betört
Ich hab dich gehört
ruhend auf grünem Samt
du Moosatem
du Glocke des Glücks
und der unsterblichen Trauer

Echo

Deiner Stimme
Schatten
hat langsame
Lippen

Legt wieder
wieder und
wieder
deine Worte
dem Berg
ans Herz

Liebe III

Ich liebe
Berge Bäume Blumen
das Meer
manche Städte zum Beispiel Venedig

Licht und sternrundes Dunkel
die Augen des Menschen
das Wort
dem ich Treue geschworen
den Frieden

und die Luft
die mich atemlang liebt

Komm komm
es ist besser
zu zweit
wenn man allein
nicht fertig wird
mit sich

Der Hahn kräht
und verrät
auch
den Besten

Rhythmisch

Über Adern
Blumenblut und Gestein
rhythmisch die Speichen
der Sonnenuhr
Augengold
Wangenwaage
Es blüht
das Verhängnis
Liebe

Schwüre

Verstümmelt die Bäume
von eingeschnittenen Herzen

Äste zerbrochen
von gebrochnen Versprechen

Das im Himmel versunkne
Apfelland
wo Verliebte
Schwüre tauschen

Ich
bin
eine Koralle
im Meer der
Erinnerungen
und warte
auf den Wind

Prinzessin
fisch mich auf
leg mich
um deinen Hals

Das wär
mein Glück

Im Sommer
hör ich die Bienen
im Winter den Frost

Ich trinke
den Honig deiner Zärtlichkeit
und
das Eis deiner Gegenwart

Zwei Wunder
in einer Schale

Freund
du warst
ein Irrtum
tausend Briefe
ohne Wahrheit
das Mohnspiel
deiner Lippen
deine Ohnmacht
setzt mich
matt

Weiter wandern

der Tod
wird den Verlust
verstehn

Sein
Sonnenname
Sein
Wunderwort

Er
hat mich
verraten

Liebe und Haß

Er ist tot

Ich
vergesse ihn immer
und
bleibe ihm treu

Rad
aus Wolkenerz

Zeigerblitz
der mich
nicht lieben
will

Blütenatem
wo
der Frühling
singt

Ich schwöre es
das Losungswort
heißt
Liebe

Wenn
ich dir
wiederbegegne
auf der Wiese
im Mond
wirst du
drei Worte sagen

Drei Worte wie einst

Ein Wunder
Wir starben
und leben doch

Traum
einer Kindheit
und
Wiedergeburt

Liebe VII

Eine Form des Lichts
Im Auge gezeugt
Selbstverbrennung
Phönix
Wieder-Wiedergeburt
Hat zahllose Augen Ohren Münder
Formel für Blühen
Die Königin wird regiert
Weisheit der Torheit
Der Busch brennt

Ich werde
dich nicht
verlassen

schwor mir
der Freund

auf dem
Totenbett

Immer von neuem

Immer von neuem sterben
und auferstehn

Die Fremde meine Heimat
Unbekannte meine Geschwister

Ich bin eine Tote
die lebt
und das Leben liebt

Fortsetzung

Die wir uns
fortsetzen
durch Liebe

Wir geben uns hin
dem Tod
und nehmen uns
das Leben

vom Baum
der
Erkenntnis

Komm
einen Atemzug näher
ans Licht
Schwester

Sei kühn
und unnahbar

Magisch

Magische Macht
einer Stunde

Da sprüht das Leben
aus jedem Blick

Du bist jung
wie die Welt
die dich im Arm hält

wie der Tod
der dich liebkost

Erfindung

Heute Morgen
habe ich mich
erfunden

Ich bin ich
und frag mich
was soll ich tun

Ich will
die Welt erfinden
Dinge Worte deine Liebe

Nur die Liebe

Arbeit wartet auf mich
die ich immer verschiebe
Nur der Flug
berechtigt mein Herz
zu schlagen
Nur der Gedanke der Ewigkeit
unterstützt meinen Atem
Nur die Liebe
erlaubt mir
ein Mensch zu sein

Du

Kennst du
das Märchen
vom Du

Du
bist es

Und

Und Wiesen gibt es noch
und Bäume und
Sonnenuntergänge
und
Meer
und Sterne
und das Wort
das Lied
und Menschen
und

Das Schönste

Ich flüchte
in dein Zauberzelt
Liebe

im atmenden Wald
wo Grasspitzen
sich verneigen

weil
es nichts Schöneres gibt

Genug
Herz verschleudert

Hüte
deine Lippen

Büße
für uralte
Sünden

Wort an Wort

Wir wohnen
Wort an Wort

Sag mir
dein liebstes
Freund

meines heißt
DU

Hoffnung II

Wer hofft
ist jung

Wer könnte atmen
ohne Hoffnung
daß auch in Zukunft
Rosen sich öffnen

ein Liebeswort
die Angst überlebt

Liebe

Liebe VI

Wir werden uns wiederfinden
im See
du als Wasser
ich als Lotusblume

Du wirst mich tragen
ich werde dich trinken

Wir werden uns angehören
vor allen Augen

Sogar die Sterne
werden sich wundern:
hier haben sich zwei
zurückverwandelt
in ihren Traum
der sie erwählte

(1979)

Nur die Liebe erlaubt mir ein Mensch zu sein

Des Geliebten Liebe zu erhalten,
möchte' ich mich in tausend Frauen spalten,

daß er tausendfach nur mich begehre,
alle liebend nur mir angehöre!

Rose Ausländer kannte die Liebe, die immer alles will, nichts Halbes nur Ganzes und sie kannte die Männer, deren Flatterhaftigkeit und Gier nach möglichst vielen Frauen. Der im Gedicht geäußerte Wunsch konnte jedoch nur ein Stoßseufzer sein, der sich niemals erfüllen würde und so wusste sie auch, dass die große Liebe immer die Möglichkeit des Verlustes, der Trauer und des Hasses einschließt.

Liebesgedichte sind fester Bestandteil jeden lyrischen Werkes. Gleich ob von Dichterinnen oder von Dichtern geschrieben. Keiner verzichtet auf Freud und Leid der Liebe. Dies ist nicht verwunderlich, sind doch Gedichte – wie auch die Liebe – Essenz und Emotion.

Gedichte können Boten der Liebe sein; Gedichte können Liebeserklärungen sein. Der Mann, der mit ihnen umzugehen weiß, erzielt nachhaltige Wirkung bei kleinen und bei großen Mädchen. Umgekehrt ist dies bei Männern nur selten der Fall; sie fürchten sich vor Gedichten – besser: vor den Emotionen, die Gedichte mit sich tragen. Auf solch schwankenden Boden mögen sich Männer nicht begeben; sie fliehen in Scharen. So ist das Lesen von Gedichten Frauensache, natürlich auch der Besuch von Lyriklesungen und ebenso natürlich das Gespräch über Lyrik, Dichterinnen und Dichter.

Auch zu Rose Ausländers Werk gehören Gedichte über die Liebe als natürlicher, gewachsener Bestandteil. Und wenn wir uns nicht nur auf die Liebe zwischen Mann und Frau beschränken, besteht sogar ein erheblicher Teil ihrer Lyrik aus Liebesgedichten.

Da finden wir die erste Liebe des Kindes zur Mutter, zum Vater; wir finden die Liebe zur Heimat, beschworen als Liebe zu einer verlorenen Heimat. Hier bietet das Gedicht die Möglichkeit des erinnernden Wiederauferstehens des Verlorenen. Wir finden die Liebe zur Natur, die liebevolle Hinwendung zu Orten, zu Menschen allgemein; die Liebe zur Sprache, zur deutschen Sprache als letztes Gut, welches der Dichterin nicht genommen werden konnte, zu den Worten, den widerspenstigen, halsstarrigen Geliebten ihres täglichen Lebens. Die Liebe zu den Dichterinnen und Dichtern, zu den Philosophen, den Komponisten und Malern, die ihre kreative Familie bilden, versammelt in ihren Gedichten. Und dann auch die Liebe als körperliche und emotionale Lust, als das Feuer, das uns treibt und als Trauer im Verlust.

Liebe macht stark, erfinderisch, kreativ, versetzt Berge, zerstört, schlägt um in Hass, Verzweiflung; die Gier nach Liebe, das Betteln um Liebe machen schwach, hörig, lassen uns verzweifeln. Verlieren wir die Liebe entsteht Trauer, nicht anders als stürbe ein nahe stehender Mensch.

Auch solche Liebe hat Rose Ausländer erlebt. Ihr Zyklus «Der Regenbogen» umfasst elf Sonette, die in solitärer Weise die Geschichte einer Liebe erzählen: von ihrem Aufflammen, von ihrem Erleben und Ausleben und von ihrem Erlöschen. Das Entstehungsdatum 1934 weist darauf hin, dass Rose Ausländer hier ihr eigenes Liebeserleben mit Helios Hecht beschreibt. Er war die große Liebe ihres Lebens; Ende 1926 lernte sie ihn anlässlich eines Besuches in Czernowitz kennen, verließ seinetwegen ihren Mann, ging mit ihm nach New York, ließ sich dort von Ignaz Ausländer scheiden und lebte mit Helios Hecht bis Mitte 1934 in New York, Czernowitz und Bukarest zusammen. Dann aber kam es zu einem Vertrauensbruch, den sie ihm nicht verzeihen konnte. Sie verließ ihn und in der Trauer ob dieses Verlusts schrieb sie die Sonette, perfekt in der Form und überzeugend und ergreifend im Inhalt. Über diese Gedichte, die für die damalige Zeit erstaunlich offen, ja «gewagt» waren, schrieb Martha Kern 1940 im Czernowitzer Morgenblatt, aus den Wunden einer großen Liebe hole die Dichterin die roten Rosen, «die den tragischen Hauch einer einmaligen Leidenschaft atmen»; «bei allem männlich Gekonnten, können diese Verse nur von einer Frau geschrieben sein». Dem ist auch heute nichts hinzuzufügen, es sei denn ein Gedicht von Rose Ausländer, das zeigt, wie viel die Liebe ihr bedeutete:

Das Schönste

Ich flüchte
in dein Zauberzelt Liebe

im atmenden Wald
wo Grasspitzen
sich verneigen

weil
es nichts Schöneres gibt

Köln, im Juli 2010
Helmut Braun

Quellenverzeichnis

Wir sind zwei Lotusblüten; Echo; Komm komm; Trost IV; Du II; Verbundenheit III; Verwandlung; Liebe VIII; Ich werde
Aus: Rose Ausländer, *Deiner Stimme Schatten*, S. Fischer Verlag, Frankfurt/Main 2007

Rose und Schmetterling; Wir zogen einen Zauberkreis; Dich lieben, Lieb, ist mehr als Lust und Leid; Der Regenbogen – Elf Sonette; Des Geliebten Nächte zu entzünden; Wenn sich deine Worte vor mir neigen
Aus: Rose Ausländer, *Wir ziehen mit den dunklen Flüssen*, FTB, Frankfurt/Main, 4. Auflage 2008

Aus Luft und Liebe; Und
Aus: Rose Ausländer, *Hinter allen Worten*, FTB, Frankfurt/Main, 6. Auflage 2005

Das Glück; Magisch
Aus: Rose Ausländer, *Die Sonne fällt*, FTB, Frankfurt/Main, 4. Auflage 2009

Isoliert; Komm / einen Atemzug näher
Aus: Rose Ausländer, *Und nenne dich Glück*, FTB, Frankfurt/Main, 6. Auflage 2005

Du weißt; Himbeerwald; Erfindung; Nur die Liebe; Du; Obwohl
Aus: Rose Ausländer, *Treffpunkt der Winde*, FTB, Frankfurt/Main, 4. Auflage 2009

Rhythmisch; Schwüre
Aus: Rose Ausländer, *Schweigen auf deine Lippen*, FTB, Frankfurt/Main, 3. Auflage 2001

Im Sommer; Freund / du warst; Wenn / ich dir; Ich / bin / eine Koralle
Aus: Rose Ausländer, *Brief aus Rosen*, FTB, Frankfurt/Main, 4. Auflage 2001

Hoffnung II; Adam
Aus: Rose Ausländer, *Sanduhrschritt*, FTB, Frankfurt/Main, 4. Auflage 2009
Romeo und Julie im Central Park
Aus: Rose Ausländer, *Wir pflanzen Zedern*, FTB, Frankfurt/Main, 3. Auflage 2005
Liebespaar im New York Central Park; Die Hoch-Zeit
Aus: Rose Ausländer, *Die Musik ist zerbrochen*, FTB, Frankfurt/Main, 3. Auflage 2007
Alle anderen Gedichte
aus: Rose Ausländer, *Gedichte*, S. Fischer Verlag, Frankfurt/Main, 5. Auflage 2007

Inhalt

Gedichte
Rose Ausländer im Rimbaud Verlag

Edith Silbermann
Rose Ausländer –
Die Sappho der östlichen Landschaft
Eine Anthologie
Bukowiner Literaturlandschaft Bd. 19
96 S., fadengeh. Brosch., 2003
ISBN 978-3-89086-734-2

Rose Ausländer
Grüne Mutter Bukowina
Ausgewählte Gedichte und Prosa
Hrsg. Helmut Braun
Bukowiner Literaturlandschaft Bd. 20
Lyrik-Taschenbuch Nr. 34
176 S., brosch., 2004
ISBN 978-3-89086-677-2

Rose Ausländer
Liebesgedichte
Hrsg. und Nachwort Helmut Braun
Bukowiner Literaturlandschaft Bd. 54
Lyrik-Taschenbuch Nr. 67
96 S., fadengeh. Brosch., 2010
ISBN 978-3-89086-490-7

Briefe
von Rose Ausländer im Rimbaud Verlag

Alfred Kittner
Briefe mit Rose Ausländer
Hrsg. Helmut Braun
Alfred Kittner Briefe Bd. 1
Bukowiner Literaturlandschaft Bd. 34
96 S., geb., 2006
ISBN 978-3-89086-581-2

Rose Ausländer – Hans Bender
Briefe und Dokumente
1958–1995
Hrsg., Vor- und Nachwort Helmut Braun
Bukowiner Literaturlandschaft Bd. 48
Rimbaud-Taschenbuch Nr. 71
168 S., fadengeh. Brosch., 2009
ISBN 978-3-89086-517-1

Bukowiner Literaturlandschaft im Rimbaud Verlag

(eine Auswahl)

Bd. 37 **Kubi Wohl**
Briefe und Gedichte
Hrsg. und mit einem Nachwort von Erich Rückleben
Lyrik-Taschenbuch Nr. 51
96 S., brosch., 2007, ISBN 978-3-89086-553-9

Bd. 38 **Jacob Klein-Haparash**
Die Wette
Hrsg. und Nachwort von Otto F. Best
Gesammelte Werke
Rimbaud-Taschenbuch Nr. 56
232 S., brosch., 2007, ISBN 978-3-89086-582-9

Bd. 39 **Moses Rosenkranz**
Im Untergang
Ein Jahrhundertbuch
112 S., Leder, mit Lesebändchen, im Pappschuber, 1986
ISBN 978-3-89086-913-1

Bd. 40 **Moses Rosenkranz**
Im Untergang II
Ein Jahrhundertbuch
110 S., Leinen, mit Lesebändchen, 1988
ISBN 978-3-89086-819-6

Bd. 41 **Jacob Klein-Haparash**
... der vor dem Löwen flieht
Roman Teil 1
Gesammelte Werke
Hrsg. von Otto F. Best
364 S., geb., 2008 ISBN 978-3-89086-549-2

Bd. 42 **Jacob Klein-Haparash**
... der vor dem Löwen flieht
Roman Teil 2
Hrsg. von Otto F. Best
376 S., geb., 2008 ISBN 978-3-89086-550-8

Bd. 43 **Alfred Kittner**
Erinnerungen an den jungen Paul Celan
sowie Die Briefe an Curd Ochwadt
Alfred Kittner Briefe Bd. 2
Rimbaud-Taschenbuch Nr. 63
96 S., brosch., 2008 ISBN 978-3-89086-551-5

Bd. 44 **Manfred Winkler**
Im Lichte der langen Nacht
Gedichte aus den letzten Jahren
Lyrik-Taschenbuch Nr. 63
120 S., brosch., 2008 ISBN 978-3-89086-567-6

Bd. 45 **Dusza Czara-Rosenkranz**
Gedichte
Lyrik-Taschenbuch Nr. 64
76 S., brosch., 2009
ISBN 978-3-89086-566-9

Bd. 46 **Georg Drozdowski**
Mit versiegelter Order
Ausgewählte Gedichte 1934–1981
Hrsg. und Nachwort von Helga Abret
240 S., geb., 2009
ISBN 978-3-89086-525-6

Bd. 47 **Ilana Shmueli**
Zeitläufe ein Brief
Mit einem Vorwort von Rob Riemen
Rimbaud-Taschenbuch Nr. 70
100 S., brosch., 2009
ISBN 978-3-89086-518-8

Bd. 49 **Alfred Kittner**
Briefe an Wulf Kirsten
Ausgewählte Briefe
Vorwort Wulf Kirsten
Nachwort Reinhard Kiefer
Alfred Kittner Briefe Bd. 3
112 S., geb., 2010
ISBN 978-3-89086-513-3

Bd. 50 **Manfred Winkler**
War es unser Schatten
Gedichte
Nachwort von Hans Bergel
148 S., geb., 2010
ISBN 978-3-89086-499-0

Bd. 51 **David Goldfeld**
Der Brunnen
Gedichte
Hrsg. und Nachwort von Helmut Braun
204 S., brosch., 2011
ISBN 978-3-89086-496-9

Bd. 52 **Ilana Shmueli**
Sag, daß Jerusalem ist
Über Paul Celan
Oktober 1969 – April 1970
Nachwort von Matthias Fallenstein
120 S., fadengeh. Brosch., 2010
ISBN 978-3-89086-495-2

Bd. 53 **Elisabeth Axmann**
Die Kunststrickerin
Erinnerungssplitter
112 S., fadengeh. Brosch., 2010
ISBN 978-3-89086-493-8

außerhalb der Reihe erschienen:

Hans Bergel
Bukowiner Spuren
Von Dichtern und bildenden Künstlern
Studien zur Literaturgeschichte Bd. 3
96 S., fadengeh. Brosch., 2002
ISBN 978-3-89086-747-2

Edith Silbermann
Begegnung mit Paul Celan
Erinnerung und Interpretation
93 S., geb.,2. veränderte Aufl. 1995
ISBN 978-3-89086-884-4

Lyrik-Taschenbuch Nr. 67
Hrsg. von B. Albers

Texte aus der Bukowina Bd. 54

*Mit freundlicher Unterstützung der
Anton-Betz-Stiftung der Rheinischen Post e.V.*

Bibliografische Information der Deutschen Nationalbibliothek
Die Deutsche Nationalbibliothek verzeichnet diese Publikation in der
Deutschen Nationalbibliografie; detaillierte bibliografische Daten
sind im Internet über http://dnb.d-nb.de abrufbar.

Postfach 10 01 44, D-52001 Aachen
Einbandgestaltung: Jürgen Kostka, Aachen
Layout: Jürgen Kostka, Aachen
Schrift: Stempel Garamond
Säurefreies Papier
Printed in Germany
ISBN 978-3-89086-490-7
www.rimbaud.de